September

図書館の二階の窓からは
庇のせいか
陽射しは入らず
遠く見える市民プールが
やけに眩しく見えた
水が抜かれて
鮮やかな青の床を
清掃人がデッキブラシをかけている
もう過ぎ去った八月を

風越しに追う
幾らページを開いても
あの眩しさだけは蘇らない

南向きの窓にさえ
網戸に一匹の蛾が張り付いて
さびしい晩夏の空を彩るのだから
なおさら

透明ディライト　一方井亜稀

tomei delight ｜ Aki Ikkatai

七月堂

目次

September 2
夜光虫 12
窓の向こうから 16
老犬 20
帰途 24
20:00 28
夜を追う 32
セブンスター 36
ひかり 42
夏草 46
エントロピー 50
蟻の塔 54

夜の葉　58
写し絵　62

開花　68

アンテナ　74
ハイライト　78
風　82
波音は聞こえずに　86
春の川　90
夜の鳥、幻ラジオ　94
4 am　98
供花　102
何ものでもない道　106

透明ディライト

夜光虫

垣根から伸びる枝の先から
滴はこぼれ落ちて
雨が
上がったばかりの
曇り空を睨む
風は肌寒い温度で
思わずカーディガンを羽織る
カーブを勢いよく曲がっていく

黒い乗用車から
ガードレールに飛沫は上がり
黄色いランドセルカバーの
子供の背を濡らす幻

そこに立っていたことがあったろう
いつか突然忘れたことを思い出すはずもなく
忘れたことさえ気づかない
たとえ思い出したとしても置き忘れたライターのように
手放してしまえばいいのだから
都合よく
今日も労働のためのバスを待つ

過ぎていくのは

白い軽自動車
高速バス
外灯ばかりが等間隔で続く夜の道を
遠く来たのだ
東から陽が射し始めた
やがて駅へと辿り着く

空から雨は一滴も降る余地はなく
だからもう
そのために見上げることもない
眼差しは
ひたすら路上に注がれて
水溜まりが揺れる
過ぎていくタイヤの跡さえ残さずに

夜気を含んで
それは来た道へ続いている
見たこともない
夜の街へ
続いている

それもまた幻だというのなら
跳ね上がる飛沫に
身を晒したまま
何も思い出さない
自分が何者かさえも忘れたまま
朝の光に
バスを一台
見送った

窓の向こうから

ほんとうは望んでもいないのに
悲しいことばかりをならべて
それがほんとうになっていくような顔で
煙草を呑む
休憩室の隅で
黒いソファのビニールが剝がれかけて
南向きの窓から
射し込む光
一時間後

案内所に立つ頃には
何事もない表情をして
とても信じられないが
「工業団地行きのバスはどれですか」
中年の男の問いに
笑顔で答える
目は遠く
交差点を行く人々を眺めた

幸せ
不幸せどちらかと問われたら
きっと幸せだったろう
引き寄せてしまうものを
すべて受け入れて

決して希望とは呼べない
窓越しに
通過する鳥影
タワービル
高架下のガードレールと
吸い殻
キンモクセイ
真昼の街を露わにする
光を見ていたかった

老犬

郊外の団地行きのバスが出ると
待合室は閑散として
最終バスを待つのみだった
ガラスの向こうに
オレンジ色のベンチが反射して
その向こうの夜の道を
車が一台過ぎていく
その先は
ひたすら等間隔に続く外灯と

そこに滑り落ちた記憶ばかり

ヘッドフォンに音を流すと
あまりにも昔の流行歌で
自分がどこにいるのか分からなくなって
笑う
笑う犬の姿を
テレビで見たのは昨日のことのようなのに
栄華は過ぎて
明日から仕事がない

やがて朝が来るなら
舞う鳥の群れや
真新しい空気や

目覚める街の気配を
この指で触れたい
そう思うけれど
冷めていく缶コーヒーの温度に
今はただ
夜の街の
僅かな息に触れるだけ

ガラス越しに見える
老いぼれた犬が
静かに呼吸を繰り返して

帰途

見覚えのある名前だと思ったら
昨日見た求人情報に載っていた会社だった
川沿いの
耳を澄ませば電車の音が聞こえるその場所は
今まで何度も通り過ぎていたはずだった
駐車場の脇の灰皿を囲むように
談笑している者がある
午後四時を回ったところだから丁度
パート社員が上がったところかもしれない

近頃は歩き方がわからなくて困る
比喩ではない
白線を静かに脱線する体の
睫毛の辺りにクモの巣が絡まっている
それは日に日に糸の数が増えて
瞼が重くなっていく
千鳥足で道路を渡る男が曲がってきたダンプカーの巻き添えになったというニュース
一時意識不明となり回復したというが
他人事には思えなくて
自転車横断帯を通過していく赤い自転車を追ったのが最後
あとはもう何も覚えていない

誰か来てください

助けを求めても
気付かれないところで目が覚める
普段からそんなことばかりだった
布団に横たわることが
死と遠いことではないように
毎日の行いの先に途切れていく

食べかけの八枚切りパン
コーヒーが半分入ったままのマグカップ
帰ったら洗おうと思っていた

20:00

郊外に大きなスーパーはあり
辺り一帯はキャベツ畑で
ハイウェイ
遠く鉄塔が見える
向こう側に街はひらけるから
ここはある種のランドマークだろう
男は今日も出勤する
検品のために
品出しのために

だから
時折訪れる
昔の同僚に揶揄われるためじゃない
期限切れを除けていく
ポケットのカッターで
ダンボールを開けていく
レジのひとと目が合い
挨拶をするのは心地よい
今日の守衛は神妙な顔つきの男で
いけすかなかった
昔働いていた会社の老いた守衛を思い出した
蛍光灯
気がつけば陽の光に晒されず
一日は終わる

発注メモをポケットに捻じ込んで
休憩室で煙草を呑む
脂臭い守衛の
曲がった指を思い出す
理由は一度も尋ねなかった
小さな鏡と椅子だけの狭い部屋
回る
換気扇の
音が聞こえる

夜を追う

小高い山の上の鉄塔がライトアップされて
郊外からもそれは見える
川を遡るように視線を泳がせると
高層ビルの灯り
それに救われるひともいるから
と微笑みながら
決して目を合わせないひとのことを思い出した
辺りには
ヒグラシが鳴いている

誰かと比べないことと
もっと辛い人もいるからと耐えることは
両立するのだろうか
線を引くたび
昔から変わらない筆跡だと
どこに線を引くかも
どんな形が浮かび上がるかも
まるで普通だと言われて
どこかで安堵していた
それもまた特権だから
と微笑むひとは
ひたすら
窓の向こうを眺めて

それからあとはわからない
路上に赤い三角コーンが立っていて
ひび割れたアスファルト
沈下した土に
雨水が溜まっている

平らな土地に手をかざして
そこに何があるのか問われても答えなかった
書くたびに消されて
堆積した文字がある気がして
延々と続く暗がりが
ただの路上であることも忘れて

セブンスター

コンビニを出て
傘を開くと
雨音が増した
ビニール傘を持つ手に
伝う滴
忘れてもいいことばかり
覚えている
生ぬるい風の中に
煙草のにおいが混じった

短いアンテナで
小さなテレビを見ていた
電波はつかまらず
砂嵐になった
もう遠い昔の話を
何度も繰り返して

白いビニール袋に
雨粒が伝っていく
真夜中のコンビニを
出て彼らは雨に濡れた
映画で見た
ひとつのシーン

上背のある男が
立ち止まって

あの日
すれ違う人はみな
煙草を吸っていたことを思い出しながら
セブンスター
今はもうない
日々を重ねる
傘を打つ
音ばかりが増して
雨を見失う

何てことはない。傘の中に隠れただけのことだ。消えた背中を見送りながら、歩を進めるこの身もまた傘をさし、葉陰に隠れるようにして、一滴のしずくを見失う。そうしてまた、落とした言葉を忘れていくのだ。この先の角を曲がればにぎやかな通りが開けているはずだが、今はまだ聞こえないざわめきのようなものの前に、わずかに抵抗するように傘の先からもまた一滴のしずくは落ちる。しずくの向こうは雨。雨と雨の間に目をあててみる。

ひかり

萎びた葉が
水に抗えず
路上に投げ出されている
雨上がりの道は
ぴかぴか光って
いきものの気配が遠い

いずれ
草が干からびていく様を

光は映し出し
幾日も
日は照り返して
それを見る
眼差しは見当たらないのに
輪郭が解けていく様を
映し出す
というのだから不思議だった

老いたひとの顔が
時折
浮かんだ

望みというものが

あるのかさえ
わからない

路上に揺れる
影が音もなく
消えることもある

夏草

舗道の傍らは坂になっていて
見上げるとそこにまたひとつの道はあり
家並みがまばらに続いていく
斜面の植物は夏の陽を受け
旺盛に伸びていた
身を委ねたら簡単に埋まってしまう
いつか死体が隠される
そんな気がする

例えばこの先
この身が静かに土と交わっていく
そんな時間が訪れるとして
夏の陽に紛れる蛾を見失う
あとの静寂は
名付けられないまま

鼻をつくような
堆肥のにおいの立ち込める
あの夏はもうやってこないで
舗道のもう片方には
ガードレールが伸びている
カーブの辺りでへこんでいる
いつかの新聞記事で読んだ

あの事故の跡なのかさえもわからないで
遠く草を刈る音

旺盛に伸びていた草は
すっかり刈り取られてゆき
死体が埋まるはずの土手に
今年最後の夏の陽が立ち込めている

旋回

葉を掻き分けていくということに焦がれながら、一枚の写真を眺めている。生い茂る葉の向こうには一本の塔があり、夏らしいのか、光は強烈な色をして、走る雲の影を追い、息は途切れそうになる。写真を前に立ち止まっているだけだというのに、呼吸のリズムが体内を旋回していく。丁度、窓の外に蜂が来ていて、軽やかな身で旋回するその道筋を追った先にも草原は開けて、想像の外にもぶら下がり続ける茂みの葉。蜘蛛の糸が目の前に下りているのに影が見当たらない真昼へ、風、気がつくともう、窓の外の蜂は消えていて、

幻

国道沿いの茂みに女とも男ともわからぬ年さえわからない人が蹲っていて、手足は細く、浅黒いその人は、顔を陽光から逃れるように覆い隠して動かない。そのような記憶が頭の片隅に紛れ込んで、ふとした瞬間に浮かんでくることがある。例えば、真夏の舗道を歩いている時など、浮かび上がる影が揺らいでいるように見え、体に刷り込まれた時間がはみ出すようにして覆い被さることがある。近くにはファミリーレストランがあり、牛を焼くにおいが鼻を覆い、あらゆる記憶のドアを叩く。たったひとつの断片が強烈な印象をもたらす時、それは記憶ではなく、たったいま夢から覚めたような、世界の裂け目が現れる。国道沿いの茂みは延々と続き、灼熱の光は注ぐ。誰の姿も捉えることなく、浮かび上がる影だけがある。

波紋

エントランスを抜けると、庭先に設えられた水槽から反射する光が、灰色の壁一面に波模様を作る。たゆたう影から逃れるように視線を外せば、ただ青空だけが見える。外部からは四角いコンクリートでしかないこの建物の、内部もまた打ちっぱなしのコンクリート壁だけが目につくが、そこに光が注がれる時、映し出される影、風の道筋、気候が刻印する時間を誰が想像するだろう。花が揺れているということが、水面によって指し示され、それは影となってコンクリートに浮かび上がる。通り過ぎる者の影と交わり、日没とともに闇に閉ざされる。夜になっても庭先からエントランスへと吹き抜ける風は、水の記憶を秘めたまま照明によって落とされる影を揺らし続けた。真夏の強烈な日差しの下、大仰な蝉しぐれ、静かに滴り、もたらされた水の音を思い出す。蓮の葉が揺れ、雲が行き過ぎる。

蟻の塔

池の面に
蓮の葉が浮かんでいる

食べられるものは
残さずぜんぶ
食べること
と祖父は言った
昔は何もなかったのだから

何もない食卓に
並べられた皿の上を
蟻が一匹つたっていく

テレビのニュースは灰色で
赤い紙を差し出された家

家人のいない家
クモの巣と埃のほかは
あのときのまま

跡形もない家
思い返されるほかは
眠っている

記憶の片隅を
蟻が一匹つたっていく

いつか建てられるひとつの塔を
まだ見ることはない夜明け
まどろみと空腹の間

一匹の虫の重みで
蓮の葉が束の間
傾く

夜の葉

美術館の休憩椅子に座ると
さっきまで
正面に見ていた絵画が
斜め下の角度にあり
女のうなじが覗いている
席を立てば
簡単に視線を背ける角度に
光が射している

その傍らに
ガラスのショーケースを覗き込む
老いたひと
スケッチが日付順に並ぶ
描かれた葉の線が
日を追うたび細くなっていく

描いたひとの指先と
描かれた葉の行方を
視線を移した先
窓越しの空へ投げやって

揺れる葉の向こうから
バスが来る

無数の線をなぞって
ツバメが海を渡っていく

やがて夜が来て
老いたひとはいない
闇に閉ざされた
ショーケースの中で
なぞられた線もやがて朽ちていくが
辿り着く先を
誰も知らない

写し絵

バスの後部座席に揺られながら
通りを行く人を見ている
遠くにはツバメの群れ
列を作って歩く小学生はみな
スケッチブックを持って
この道は
動物園へ続いている

トラを描いて

壁に貼る
間近で見るのは初めてだった
と息を弾ませて
図鑑をめくる
今日見たのはスマトラトラ
遠く広がる密林を見た
幼い目

葉は茂り
風に揺れているのが見えるが
ガラスは締め切られて
音は届かずに
いつのまに
子どもたちも見えない

窓から車内へ目を向ければ
前方の座席の
女のうなじが見える

スケッチブックに描き写す
やわらかな線
なぞることで何を得たのか
描かれた線ばかりを
正面から眺めてばかりで

バスを降りる
振り返ると
女はもう目覚めていて
ストールを巻き直している

どの角度から
何を見ていたのだろう
捉えられたものを
焼き増しのようになぞって
この道は
どこへ続いているのだろう

美術館の休憩椅子に座ると
さっきまで
正面に見ていた絵画が
斜め下の角度にあり
女のうなじが覗いている
席を立てば
簡単に視線を背ける角度に
光が射している

開花

眩い光が射す舗道を見下ろす
コーヒー屋の窓際の席
アメリカンを啜りながら
希望のない世界は嫌だと
耳元で
ラジオのパーソナリティが囁くのを
聴く
指先は
iPhone のニュースソースを彷徨いながら

すべてを断ち切らないようにして
今日の天気は晴れ
おそろしいほどの快晴
自動ドアが開くたび
フェイクの観葉植物が揺れ
眩い光に触れ
埃が舞い上がる
見慣れ過ぎてもう
何の感情も沸かない
プラスチックのトレイ
マグカップ
皿の上には食べかけの
ミラノサンド
齧るたび崩れ落ちるが

いつも頼んでしまう

自動ドアが開くたび
張り紙がひらひらと捲れ上がって
今日付けで
この店は閉まるという

眩い光に
どんなにしかめ面をしても
見つめるほど
輪郭が失せていく
希望を持たずに
生きてきたはずもない

舗道の花が
解けていく
のが
きれいだ

アンテナ

橋を渡った先の
バッティングセンターが閉鎖された
一度だけ
ここへ来たことがある
高いフェンスが錆び付いて
ネットが風に吹かれて
足元を空き缶が転がっていく

国道沿いの食堂は

まだあの時のまま残って
昼下がりの光が
白い軽自動車を照らしている
こんなにも経ってしまったと思う度
まだここが在り続けているという
何てことはない
目の前に呆然として

約束は約束のまま
思い出は思い出のまま
見上げた先のアンテナに光が重なって
思わず日を瞑る

ここからなら何でも見渡せる

気がしても
こんなにも変わっていく
ただ同じ場所に立っているのに
もう会えない

ハイライト

スーパーの陳列棚に
冷えた肉が並んでいる
その前を
たくさんの人が通過していく
腐れば価値がない
そのことを印すためのシールをぶら下げ
巡回する従業員が
ため息を吐くのはまだ先のこと
生と死が交差する

明るい灯のもとで
積み上げられたビスケットに
手を伸ばすこどもたち
伸ばさないこどもたち
あらゆる健康法を試す人の傍らで
今日も
自分が食うための飯があることが不思議だ
回る皿の上の肉
回る経済の上で
暴落する時間
雪が降っている
肉が腐敗する時間
雪が降り積もる
土に帰るまでの

長い時間

鶏肉
ハム
ソーセージ
パンの列を抜け
従業員が専用通路の奥へと
消えるのを見送る
缶詰
トイレットペーパー
ロウソク
乾電池
それら列を素通りして
表へ出ると

傾いた午後の光が射している

自動販売機の脇の
ベンチに腰掛け
煙草を吸ったら
肺の形が浮かび上がり
体がここにあることを
光は丁寧に切り取るようで
笑えた
指先に
一片の雪は舞い降りて

風

空には風だけがあって
車の音が聞こえている
その向こうには
こどもの声もあるだろう
あの日聞いた鍵盤や
煤けたバスのにおいもあるだろう

そして木曜日
赤い風船は

港の方からやってくる
アドバルーンは今も
郊外のガソリンスタンドから上がっている

画面越しに眺めた空は曇っていて
ひとつの方向に
自動車が列を作った
窓から投げ捨てられた煙草の
煙はどこまで棚引くだろう

立ち尽くす木曜日
これから起こることを
悲観することしか出来なくて
赤い風船ばかりを目で追って

空の向こうを希望と呼べるほどの
浅はかな思考で
風に吹かれる

風船を手放したのはかつてのこども
風の中にわずかに
煙草のにおいは漂う

波音は聞こえずに

砂利を踏む音が響いた
駅裏の駐車場
街灯が消えかけて
点滅を繰り返す
空にはまだ星のひとつも見えない

マンションのベランダに
取り込まれないままの洗濯物が
風になびく

窓に順々と灯りがついて

砂利を踏む音だけが響く
駐車場で
思い出すのは
買いそびれたパンのこと
敷地の隅に
残されるようにある松の木が
音も立てずに揺れている
昔
この木を眺めたひとは
何を思い出したのか
灯りの消えた路上
ひび割れたアスファルト

ブルーシートに覆われたものたち
あれは

砂利を踏む音が響いた
駐車場で
車に乗り込み
坂を上る
ぽつぽつと
ともる灯りの向こうに
月が上る
やわらかな光の先に
黒い綿のような
海が広がっている
カーステレオからは

聴きたくもない
ミュージック
波音は聞こえずに

春の川

一台
また一台を見送って
あれが最後の一台のはずだと
道を渡るところまでは覚えていて
後のことは覚えていない
今となっては
それさえも記憶違いのように
日々はあって

水面に映る影を覗き込むと
見覚えがあるようで
知らない街が見える

朽ちた実がやがて
路上で枯れ果て
雪で染められても
まっさらにはなれなくて

春の路上に
立っているのは
雪とともに解けた
何ものか

文字をなぞって
はじめて知るように思い出す
この川を渡った人の
目が浮かぶ
その目を借りて
見上げた空に
鳥が群れをなして

アノ日
道ヲ渡ッタワタクシハ今頃
何処ヲ歩イテイルカモシレズ

鳥が群れをなして
渡っていく

何度も見た景色として
見送る

春の川は
まるで
何事もなかったかのように
空を映し
幾筋もの
光の束を浮かべて
眩しい

夜の鳥、幻ラジオ

あらゆることが遠く
遠く行われているような気がして
明日もここにいることが出来ますように
そう願うことが
まるでちっぽけなことのようにして
笑いあってしまうぼくら
車で
夜の道を走る途中で
煌々と光るスタジアムの灯りが見え

遠いはずのものを
視界に捉え
何の感動もない
明日もここにいることが出来ますように
夜の風とすれ違う

(そのように生き得た文脈を何度も指でなぞり違えていく。拡散する光の中で消えた
戦禍のぼくら)

きっと今日は運がよかっただけ
すれ違わなかったたくさんのぼくら
まだ遠くにいるのだと思った
アナタモ
ワタシモ

鳥の羽ばたきに飲まれて笑う

（ミュージック、を遮る臨時ニュースはまだ流れないでいて

4 am

朝と名指すには未だ暗い
空には雲が低く垂れ込め
ラジオの天気予報が雨を告げる
駐車場に
一台の車があり
それを見下ろす高さの窓に
ともった灯りが消える
街は
何ものにもならない顔をして

静かだ
高速を過ぎるトラックさえ
闇に紛れるようにして
それを見送ると
管理室の灯りを残し
老いた男は煙草を吸う
ガラスの灰皿に
今時マッチを放るのは
何てことはない
ライターを忘れて引き出しを漁った
それだけのこと
仕事が終われば
何ものでもなくなるようで
鍵は握ったまま

ガラスの底に映る部屋の景色と
燃える火を眺めながら
ゆっくりと一本を吸う
それから
陽が上ろうとするのを確かめて
ビルを出る
灰皿の火は燻っているが
やがて表情を取り戻していく街の一角を映し出すだろう
曇った空からまだ雨は降らない
駐車場から
車が一台
立ち去っていく

供花

まだ何も起きていないように思えた
夜が明けたら
花を摘みにゆく
そんな夢みたいな計画を立てた

市場に出回る花は
廃棄されて
埋葬される頃

そこに何を供えれば良いのだろう
つながったこともない誰かの手の
温かさを思い出すようにして

今はまだ眠る頃
風に揺れる花は
誰に触れられることもなく　ひとつ
またひとつ
花びらを落としては朽ちていく

腐敗するまでの時間を
階段に腰掛けて眺めていた
そんな時間もあった
廃屋の非常階段はどこへつながっているのか

見上げたら
清掃工場の煙
あれは何を燃やしていたのだろう
あれは何が燃やされていたのだろう

花びらが舞う
不均衡に
誰の目にも触れずに
花びらが舞う

今はまだ眠る頃
思い出は思い出のまま
夜が明けたら

花を摘みにいく
そんな夢みたいな計画を立てて
今はまだ何も起きていないように思えた
そう思うだけで
部屋の中で朽ちていく

白々と明けていく
光が
カーテンの隙間から
褐色の花びらを鮮やかに
映し出しては

何ものでもない道

緩やかなカーブを曲がると
道幅は狭くなり
片側には生い茂った植物が
路側帯を覆い尽くすまでに伸びている
ゴミ集積所はさっぱりと片付いて
しばらく歩けば植物が途絶える先
白い柵の向こうに
空は開けている
反対側には住宅が並び

アジサイの咲く角を折れると
駅へ続いていく
昨日まで知らなかった道を
今日はもうずっと知っていたかのように歩く
路上にひとつの影はくっきりと浮かび
何かを欲しがるようにして
蔓は伸びる
それは
昨日までの景色として
明日は影のひとつもない景色が開けるとしても
ずっと前からそうであったかのように
道はまっすぐに伸び
突き当たりの真四角の家の
窓は大きく開かれている

透明ディライト

2024年10月4日　発行

著者

一方井亜稀

発行者

後藤聖子

発行所

七月堂

154-0021 東京都世田谷区豪徳寺 1-2-7
TEL　03-6804-4788
FAX　03-6804-4787

装丁・組版

川島雄太郎

印刷・製本

渋谷文泉閣

ISBN 978-4-87944-582-7 C0092